93歳、鉄柵に繋がれて

69残滓は今、再び「悪夢」に抗して

竹森 哲郎
Tetsuo Takemori

文芸社

目次

序の章　93歳、鉄柵に繋がれて

停車中の救急車内ですでに、30分が経過している。受け入れ可能な病院が見つからないのだ。杏林大学病院、野村病院、調布東山病院など、近隣の救急病院は受け入れが不可能だそうだ。

その後、世田谷区のA病院への搬送が、漸く決まった。93歳の母が自宅マンションで嘔吐を繰り返し、119番に連絡したのは、午前5時半前。6時を過ぎて国道20号は、通勤車両で大渋滞の有様だ。9月末だが、国道沿いの大ケヤキの並木は、深い緑の葉に包まれている。サイレンを鳴らし、対向車線や赤信号を突破して、約30分でA病院に到着した。母も私も、初めて訪れる病院だ。

93歳の誕生日に馴染みの和食店で食事のあと、記念写真を撮ってからまだ、2週間しか経っていない。連休明け火曜日の朝、母にとっては3回目の入院だ。8年前に、大腿骨骨折で入院して以来だ。

「死にかかっている老人に、手錠をかけるのか。この病院は」

10時半過ぎに6階病棟の個室に入って、目の前の光景に私は驚愕した。大きな手袋をはめられた母の両手をさらに、ベッドの鉄柵に繋いでいたのだ。母の両目は涙が滲み、弱々しく開いている。緊急ベルを押して、私は大声で怒鳴りつけた。

「手錠ではありません。ミトンです。点滴の管を外すと、危ないですから。予防的な処置です。入院時に、同意書が出ていますよ」

駆けつけてきた看護師は、不満そうに弁解する。大きなマスクとメガネで顔は判らないが、名札には「岩田」と書いてあった。

同意書には患者の安全確保のため、「動作抑制」が必要だと書かれている。私は、最小限度の「抑制用具」と理解したが――。

「面会時間前ですから、廊下に出てください」

午前の面会は、11時からとなっている。顔は判らなくても、目を見れば性格はすぐ判る。私は、「作家」だ。

その後も、同じような局面に、私は何回も遭遇した。

母は右手でベッドの鉄柵を叩き、時には自身の額や腹を叩き続ける。意識的なのか、無意識なのか定かではない。自分が置かれている現状への不安と不満、そして怒りの捌け口なのだろう。それが一部の看護師の目に触れると、そのたびにミトンの装着や拘束が繰り返された。私が面会に来ている間だけ、「手錠」は外されるのだ。

「帰る時は必ず、ナース室に連絡してください。ミトンを填める決まりです」

夜、帰り際には母の手を握り、涙の別れも度々あった。

「息子さんが来ましたよ。良かったですね」

優しい看護師さんも大勢いる。母を担当するBチームの看護師さんだ。担当の田上明子さんが、その「リーダー」の一人だ。田上さんは母への「抑制用具」の低減を、いつも心掛けてくれたのだ。

「息子さんは毎日大変ですね。体は大丈夫なのですか」

母が入院してから一日も欠かさず午前と午後の2回、面会に来る私の健康を、田上さんはいつも気遣ってくれた。田上さんの優しい瞳に、彼女の人柄を見て取ることができた。

「息子さん」と呼ばれるのは、気恥ずかしい。実は、母の入院中に私は69歳から、70歳になっているのだ。

京王線の千歳烏山駅からA病院まで、バスか徒歩で15分、タクシーなら5分。調布の自宅からは概ね、40分は掛かる。帰りは病院前からタイミング良くタクシーに乗れると、自宅まで20分で帰れるが。

「家族は今、一人だけなので。老老介護が仕事だと思っています。作家の仕事は、暫く休業です」

田上さんには以前、私の「作家」仕様の名刺を渡していた。


午後2時過ぎ、西荻窪駅南口の飲み屋でビールを飲んでいると、何か鈍い音がするのに気付いた。ガラ携帯が鳴っていたのだ。入口近くのカウンター席から、高架沿いの路地に出て着信ボタンを押した。

「午前中の血液検査で、ビルビリンの値が急上昇しています。膵臓癌による胆道の狭窄が原因と思われ、かなり危険な状態です。黄疸も進んでいます。午後の面会に来た時に、詳しく話します」

担当医の荒川先生からだ。午前の面会時間が午後1時まで、午後は3時からなので、この日は西荻で一息入れていたのだ。井の頭線と中央線を乗り継いで、病院から30分以内の距離だ。

「解りました。3時半までには、行けると思います」

再びカウンターに戻り、残りのビールとつまみを片付け、気持ちを落ち着けた。本当の闘いは、これからだ。

電車の乗り継ぎは精神的に辛いので、西荻の駅前からタクシーに乗り、A病院に向かった。直線的には近いのだが、住宅街の狭い道を遠回りするので、30分以上掛かった。

母の顔色は、黄色みが増しているようだ。また、両足が足先まで膨らんでいる。今夜は、大丈夫だろうか——。

6階の病室の窓から、中央道とその先の新宿高層ビル群が、この日は霞んで見える。11月初旬、秋の夕刻の風景である。

50年間、母と暮らした戸建ての旧邸「ごみ屋敷」から、10年先を見据え、同じ市内の老介護対応の新築マンションに転居して、まだ3年も経っていない。10年先とは無論、母100歳のことだ。

短い秋の陽が今、暮れようとしている。

旧邸の庭にあった白木蓮の巨木に、永遠の別れを告げた3年前の引っ越し。その労苦と汗の記憶が、私の脳裏を過った。

第1部　1969〜2016年　再検証の夏

第1章　音のない空間で

夜半に、久しぶりに「音」が聞こえた。近くで、「空爆」があったのか——。

その筈はないのだが、調布飛行場はすぐ近くだ。昨年民間機が墜落している。戦前・戦中は、陸軍の飛行場だった。掩体壕《えんたいごう》が今も残っている。かつては、朽ち果てた格納庫も残っていた。

再び「爆音」が聞こえてきた。枕元のガラ携帯で時刻を確認すると、5時29分だった。

また、「音」が聞こえてくる。——雷鳴のようだ。

カーテンの隙間から覗くと、ほの暗い児童公園の樹木の彼方に、隣のマンションの夜間燈が橙色に光っている。

昨年までは、ヒヨドリの「ピー音」や蝉の「ジー音」で目が覚めるのが、夏の朝の日常だった。トタン屋根だったので、雨音も実際以上に大きく聞こえていた。

50年以上住んでいた旧邸「ごみ屋敷」から転居して半年——。

「介護マンション」に住み始めて最初の、夏の朝である。私は、老老介護対応の住居として選んだのだが、昨年度新築物件の「グッドデザイン賞」を国土交通大臣から受賞した、近未来型マンションのようだ。

雨音も、鳥の声も全く聞こえない密閉空間で再び、「遠雷」が聞こえてくる。「音のない空間」で、初めての体験となった。


朝日新聞夕刊の「素粒子」を、私は欠かさず読んでいる。時事小説や随想を書く「私の立ち位置」には欠かせない、コンパクトな時事情報だ。私の今の「思想」に近いので、大変役立っている。

２０１６年7月30日、土曜日。

——弱者や異種を排斥する悪魔の思想。この国にもじわじわ浸透しているのに気づく。障害者殺傷事件やヘイトデモ。——

私は創作ノートに書き加えた。

なぜ、この殺人者はナチス紛いの大量殺戮を実行したのか。ナチズムとファシズム。今の政治に起因していないか。実行犯の若者は衆議院議長への手紙に、「国の命令があれば」と書いていた。また、犯行後のツイッターで「ＢＥＡＵＴＩＦＬ ＪＡＰＡＮ」と発している。「美しい国、日本」と同義だ。誰の言葉か、知らない者はいない。私がファシストと呼ぶ、安倍「総統」である。

安倍「総統」は、内閣を改造した。


２０１６年8月4日、木曜日夕刊。

――このポストにこの人を。長期政権の自信か過信か。靖国参拝を欠かさず、東京裁判の検証を訴えてきた新防衛相――。

再び、創作ノートに書き加えた。

靖国参拝で、安倍首相への忠誠心と愛国心を競う二人。表現・報道の自由を牽制する「どや顔」は総務相に再任し、「木を見て森を見えない」極右の「核武装論者」が防衛相に就任した。二人の競り合いを楽しむ場合では、最早ない。弱者の排斥やヘイトデモを助長しないのか。ナチズム・ファシズムを容認するのか。侵略と植民地支配を否定し、韓国に入国を拒否された人間に、防衛相が務まるのか。

8月8日、天皇陛下の「生前退位」の意向が放映された。そして71年目の「8・15」――。

翌日の夕刊「素粒子」を引用する。

――天皇陛下は「深い反省」に思いをこめ。首相は加害や反省に触れず。負の歴史を引き継ごうとする人、しない人。
それほど思いが強いのか。終戦の日に海外出張を入れた防衛相。日本にいれば足が勝手に靖国に向いてしまうか。——

音のない空間で、老老介護の傍ら、私は再びペンを執ることにした。「死相」と「思想」の深層を検証するために。１９６９年から雌伏45年の今、69残滓の「再検証」の夏である。

第2章　彷徨、阿佐ヶ谷南アーケイドの闇

人波が絶えない夜のアーケイドを、右手の杖を頼りに徘徊する。老眼鏡では、夜間の歩行は頼りない。家路を急ぐ人々に、何度も跳ね飛ばされた。右足のひざの痛みが、激しい。アーケイドの数箇所のドラッグストアには、探している「口腔用綿棒」はなかった。再び阿佐ヶ谷駅東側のガードを潜り、北口のスーパーに向かう。3階の薬局で、漸く「綿棒」を買うことができた。

夜間の救急入口から、2階の集中治療室へ急いだ。90歳になった老母と、横柄な看護師が待っていた。なぜ、病院に常備していないのか。「綿棒」一つ買うのに、1時間以上掛かった。棒状のガーゼのような「綿棒」に水を浸して、看護師が兄の口に入れる。誤嚥性肺炎を防ぐために、水を飲めないのだ。兄が救急車で緊急入院してから、4日後の夜である。

私が兄の顔に「死相」を認めてから、1ヶ月ほど過ぎていた。これは、2015年9月

の「死相」を巡る検証の第一章である。

その日の午後、母親の90歳の誕生日祝いを兼ねて、従姉の山本美紀と3人で東八道路沿いのレストランで昼食をしていた。

「ヒ〇キさんは元気なの」

「元気ですよ。月に一度は家に来ているわ」

母親はいつも肯定的に話をする。

「この何ヶ月かは、家まで歩いて来れなくて、国領駅からタクシーで来たり、母親を国領駅まで呼び出したりしていますよ」

私が補足する。

「前回もタクシーで、母親を国領のスーパーまで送ったのですよ。杖で漸く歩く母親を、エスカレーターで2階の待ち合わせ場所まで連れて行きました。そこで、ベンチから辛うじて立ち上がる兄の表情に、『死相』が見えたのです。私はそう思いました」

「そんなに、具合が悪いのですか」

山本美紀は驚いた表情をしていた。

「母は、何も気づいていないようですね。悪く考えない人だから」

私は「死相」が死に顔に変わるのを、過去に3回見ていた。

40年前、私が20歳代の頃。母の長姉は年に2回ほど、自宅を訪れていた。その日の夕方、事前の連絡なしに伯母が来訪した。玄関で見たその表情に、私は「死相」を認めたのである。翌日、「死相」は、伯母の死に顔に変わっていた。

2回目は15年前の1月、父親の死に顔である。厚生省を定年前に退職した父は、米国でWHOや複数の大学に勤務し70歳代で帰国していた。その後、10年ほど過ぎた頃から、前立腺癌の治療で入退院を繰り返した。最後は、杏林大学病院から西調布のC病院に転院して、3日後の夜だった。

病室には、点滴を受けている父と、私の二人だけだった。日曜日の夕方、病院に着いた私と交代して、母は帰宅したあとだった。私は府中の東京競馬場の帰りに、直行していた。約1時間後、父親の表情に「死相」が認められた。その後、呼吸が少し激しくなり、静かな死に顔に変わったのだ。その病院がいわゆる「終末期病院」だということは、あとで知ることになる。

「真知子伯母さんが亡くなった時、二人とも旅行中でしたね」

「哲郎さんには、苦労を掛けました。本当に」

父の妹、真知子さんが亡くなったのは彼女が88歳の秋、吉祥寺のS病院だった。私は当時、50歳代の後半だったと記憶している。その日は偶々、母は女学校の同窓会で箱根に、従姉の美紀さんも娘と旅行中だった。井の頭通り沿いのS病院は、「前進座」の隣にあった。母に頼まれ、私が初めて見舞ったのは夕方5時前だった。井の頭線の三鷹台から徒歩で10分ほどで病院に着いたと記憶している。伯母の表情に、生気はなかった。間違いなく、「死相」が認められた。私が見た、3回目の「死相」である。

帰路、吉祥寺のハーモニカ横丁の馴染みの店で一息入れて、南口からバスで自宅に戻ると、電話が鳴り続けていた。S病院からだ。すぐにタクシーを呼び、病院に直行した。やせ細った「死に顔」だった。父親の時と同様に、ST葬儀社に連絡し、多磨葬祭場預かりの手配をした。箱根で宿泊中の母に連絡したが、帰宅できたのは翌日である。従姉と会えたのは葬儀の当日、多磨葬祭場だった。

2015年9月15日夜7時過ぎ、母親と夕食を終えた頃、東京消防庁の救急隊員から電話が入った。

「タケモリヒ◯キさんの親族の方ですね。ヒ◯キさんが上北沢駅前の道路で倒れていたので、救急病院に搬送中です。杉並区のK総合病院に向かっています。すぐに来てください」

動揺して足元がふらつく母親を、やっとタクシーに乗せた。夜間で初めての行き先なので、運転手も要領を得ない。調布のタクシー会社なので、23区には不慣れなようだ。カーナビを頼りにかなり遠回りして、約1時間半掛けて病院付近に着いた。一方通行の狭い道を迂回しながら、漸く夜間救急窓口を見つけた。古い建物を継ぎ足した病院内も判りにくい。受付の女性職員も、横柄だ。大声で一括して、やっと2階の救急治療室に辿り着いた。普段は強気な母親も、顔色が真っ青だ。

「肝不全の疑いが強いです。精密検査の結果は、明日でます。この病院では、無理な延命措置は取りませんので、ご了解ください」

30代と思われる女性医師が、淡々と説明する。混乱している母親には、兄の「死相」の意味がまだ理解できないようだ。

阿佐ヶ谷駅の北口にあるK総合病院。杉並区内の中核病院の一つだ。7日間、毎日タクシーで、調布の自宅と病院を往復した。もちろん、右足が不自由な母親を伴って。夜間では疲労が大きいので、できるだけ昼間に通うことにしたが、緊急の呼び出しで1日2回往復したこともあった。

3日目頃から、私は右足の膝に異変を感じるようになった。毎日2時間以上、狭いタクシー内で同じ体勢を続けたせいだ。いわゆるエコノミークラス症候群のようだ。その後、膝の屈伸運動をしているうちに、靭帯を痛めてしまった。兄が入院した日から、4日目である。老母と二人、仲良く杖での病院通いとなった。

7日目の昼に、兄は亡くなった。入院後の9月17日に、69歳の誕生日を迎えたばかりだった。

大連で生まれた2歳の兄を背負い、大連港から引揚船で漸く帰国したのは昭和23年、母が23歳の夏だった。大きなお腹を抱えて母が降り立ったのは「あの岸壁」、京都府舞鶴港であった。お腹の中にいたのは、不肖の二男、私である。

第3章　小雪の舞う、銀杏並木で

1969年2月下旬の朝、日吉キャンパス入口の銀杏並木で、入試粉砕闘争が敢行された。入学試験の当日、小雪が舞う寒い朝だった。約150人のK大生が、それぞれ赤・白・黒のヘルメットを被り、4列の隊列を組んで銀杏並木の緩い坂を、ゆっくり行進する。男子学生が6割、女子学生が4割のK大生だけの隊列だ。

前日の夜、国道246に面したA学院大学の正門を入り、すぐ左側の図書館地下でK大生男女活動家60人が仮眠をとった。雑魚寝である。図書館地下には、A学院大学の学生自治会や文化団体の広いスペースがあったのだ。

「横手さんが生まれるずっと前の話ですが、A学院の大学図書館は正門からすぐ左側にあったのですよ」

M銀行調布北支店のテラー横手絵理さんは、A学院大学の経営学部出身だ。M銀行に入社して、4年目だそうだ。

「最近は、若手の飲み会にも、誘ってもらえないのです」

4年目だが、支店では若手の指導に当たっている。

「お爺さんが、誘っていいですか」と言いたかったのだが、老母が同席していたので、断念した。

「今は、図書館はキャンパスの奥のほうです。校舎や建物を順番に改築しているのです」

横手さんは母と私の預金の運用報告のため、自宅のマンションに来てくれたのだ。お礼に、私のデビュー小説を進呈した。もちろん丁重なサインを添えて。2016年4月のことだ。

私が小説を書く「きっかけ」を作ってくれたのは、調布北支店の天里知美さんだった。転勤した彼女に3月末に発行して間もない新品を進呈するため、私は転勤先を訪問していた。M銀行立川支店のフロアーに、彼女はマスク姿で現れた。

「せっかくの美しいお顔が見えないですね。大きなマスクで」

「すいません、風邪気味なのです」

私と大学の同期で現職の国会議員の父親が、秘書のお金を巡る問題で、窮地に立っている最中だ。支店を挙げて、天里さんをマスコミからガードしている空気を、私はすぐに理解できた。

「お父さんは有名だから、知美さんの苗字を『天里』にしておきました。勝手にすいません」

「ありがとうございます。父も喜ぶと思います」

天里さんのマスクの上の美しい瞳に、光るものが認められた。


K大全学闘争委員会（全学闘）とA学院大学の学生自治会は、同じB派系の赤ヘルで、連携していた。

この当時すでに、東大全共闘や日大全共闘など全国で全共闘の闘争が行われていたが、K大ではまだ全共闘結成前だった。全学闘の赤ヘル、C派系反戦会議の白ヘル、そして三田文学部のノンセクト黒ヘルが共闘していた。約60人の男女活動家の内訳である。

翌朝、A学院大学を出発した60人は勇躍、東横線で日吉に向かった。駅前で合流した活動家を加えて、約150人のK大生は小雪の舞う銀杏並木でデモを敢行する。

「入試粉砕・闘争勝利」「米軍資金導入反対・入試粉砕」

同年1月の東大安田講堂攻防戦のスローガンは、「入試粉砕・帝大解体」であった。結局、その年の東大入試は中止となっている。

緩やかな坂道の中ほどで、K大の教職員・警備員そして詰襟の体育会系学生200人が待ち構える。すぐに乱闘が始まった。体育会系学生が、活動家のヘルメットを剝がそうとする。体育系教員は鬼の形相で「俺の拳は胡桃も割れるのだぞ」と、私に右手を振り上げる。

30分ほど乱闘が続いたあと、神奈川県警機動隊が割って入り、双方が睨み合いの状態になった。

「シュプレヒコール。入試粉砕・闘争勝利。我々は、医学部への米軍資金導入を許さないぞ――」

小雪の舞う銀杏並木で、入試粉砕闘争の一日目が終わった。

2年後、私が大学3年時の入学試験の当日。同じ銀杏並木の銀杏の大木の下に机を置いて、私はK大新聞の「受験生特集号」と、小冊子「K大入試のために」の販売を行っていた。法学部3年で新聞部員の伊東ユリさんと並んで――。

「冠省。先日はご高著をお届け下さりありがとうございました。懐かしさと共にすぐに読了しましたのに、お礼が遅れて失礼いたしました。小説、エッセイ、日記の複合体のような作風で、長く編集仕事をしてきた者には、意表を衝かれた思いです。次作が出来ましたら、また読ませて下さいませ。ではではお元気で。草々」

45年ぶりに、伊東ユリさんから頂いた嬉しい便りだった。今年4月に、インターネットを検索していて偶然、彼女が最大手のK出版社で長年編集に携わっていたことを、知ったのだ。

全共闘時代の「同志」、K大新聞の仲間からのハガキで、私は自身の「思想」を書き続ける大きな勇気を頂いた。「感謝」「感激」の極みである。

「前略、竹森様。ご著書拝受いたしました。素粒子の一節を引用いただいてありがとうございます。お試し改憲に向けて着々と進んでいるような情勢を恐ろしく思います。私も間もなく60歳。67歳の新人にエールを。草々」

朝日新聞論説委員、Sさんからのハガキである。「思想」を共有できる方からの便りに、私も勇気づけられた。

第4章　一日5回、タクシーで

K総合病院の地下霊安室で、嗚咽する母親を支えながら、葬儀会社の担当者と火葬の日程を調整する。母親は左手に大きな杖、私も右手に杖の風体だ。ロキソニンテープを3枚貼付しているが、私の右膝靭帯の痛みはまだ回復していない。

葬儀会社が火葬場と連絡して、日程が決まった。9月23日午後3時、府中の多磨葬祭場だ。兄が亡くなった日の2日後、「葬儀」はなしで火葬のみだ。

当日、従姉の山本美紀に加えて母親の妹とその次男、合わせて5人が、葬祭場の控え室で静かに時を待った。皆、無言だった。

3週間後、10月14日水曜日。私が一日5回、タクシーに乗ったのは、この日のことだ。

朝9時までに、上北沢のKマンションに着かなければならない。兄が居住していた4階の一室を空にして、管理会社のK不動産に引き渡すことになっている。

8時半過ぎ、国道20号は通勤時間帯と重なり、かなり混んでいる。環八との交差地点手前で、渋滞に巻き込まれた。信号5回待ちで、イラつきが増すばかりだ。

漸く上北沢のマンションに着いたのは、9時5分前だった。解体業者のお兄さんが3人、怖い顔で仁王立ちしていた。

「遅いぞ、爺さん。30分以上、待たせやがって」とは、口では言わなかったが、リーダー格のお兄さんの顔にはそう書いてあった。すぐに、階段で4階に上がり、私が預かっている鍵で、402号室のドアを開いた。古いマンションなので、エレベーターはない。私の右膝靭帯はだいぶ回復していたが、階段が急で息が切れた。K不動産がその一室の片付け業務を、この解体業者に委託していたのだ。古いテレビやベッド、家具や小物など部屋の全てを回収し、空にした状態で引き渡すのだ。解体業社のお兄さんたちに指示を与え、私はマンションをあとにした。

この日、1回目のタクシーの逸話である。

調布の自宅近くの三鷹通りのバス停で、バスを待てずに拾った電鉄系のKタクシーであった。

京王線で、上北沢から千歳烏山に向かった。駅前にあるK不動産烏山支店で、Kマンシヨン担当に部屋の鍵を引き渡すためだ。

まだ10時前だったので、不動産会社はシャッターが下りたままだ。一仕事終えたので、ビールが飲みたい心境だ。ほとんどの飲食店はまだ開いていないが、すぐに立ち食いそば店を見つけた。深大寺「門前そば」の支店だ。幸いビールもあったので、一息入れることができた。

烏山支店のKマンション担当は、小林君だ。俳優の織田裕二を20歳くらい若くしたイケメンだ。鍵を引き渡し、私は次の目的地に向かった。世田谷区の烏山総合支所だ。兄の除籍謄本と住民票の除票が必要なのだ。兄名義のマンションの一室を、母親名義に相続登記するためだ。登記後に、その一室の売却を、K不動産に委任することになっている。

烏山総合支所には兄の死から3日後、9月24日の夕刻5時前に一度訪れている。兄の死亡の記載のある住民票を、請求するためだ。兄が亡くなった日の午後に、葬儀会社が杉並区役所に死亡届を出しているので、住民票は改製されているはずだ。

「まだ、改製されていません。明日以降に来てください」

係の女性職員は迷惑そうな表情で、事務的に対応する。

「3日前に、杉並区役所に死亡届を出している。本庁の戸籍係に確認しなさい」

私は、語気を強めた。「役場」では、大声を出すのがいい。

30分ほど待って、兄の死亡の記載がある住民票の除票を受け取ることができた。除籍謄本は「明日以降」で、私も了解した。

この日はスムーズに「除籍」と「除票」を受け取り、烏山総合支所をあとにした。次の行き先は、杉並区役所だ。

千歳烏山から荻窪へはバスの路線があり、JRで阿佐ヶ谷まで1駅だが、タクシーで区役所に直行することにした。この日、2回目のタクシーである。会社名は、記録しなかった。

30分ほどで入口付近が工事中の区役所に着いたが、1階の戸籍係でまた大声を出してしまった。受付順の案内をする職員の横柄な対応に、腹が立ったのだ。私も朝からずっと、苛ついていた。

「火葬許可証に誤りがありましたので、書類を持って戸籍係に来てください。特に、急ぎませんので」

9月23日に多磨葬祭場で兄の火葬を終え、一段落していた翌日の午後、杉並区から電話連絡があったのだ。

「この火葬許可証は、埋葬する墓地の管理者へ提出しますので、大切に保管してください。『火葬済印』の押印後、『埋葬許可証』となります」と、裏面に書いてある封筒内の書類を確認した。

――平成27年9月23日午後3時0分火葬執行　多磨葬祭場管理者　○○○○――　裏面に管理者の公印が押してあった。表面は杉並区長名の「死体火葬許可証」で、兄の生年月日が間違っていたのだ。死亡届の提出は、葬儀会社にすべて任せていたので、書類の確認はしていなかった。

誤った個所を2本線で訂正し、区長の公印を押した「死体火葬許可証」を受け取り、区役所をあとにした。すでに午後1時を過ぎていたので、一息入れることにした。阿佐ヶ谷駅近くの中華店で、ビールと五目焼きそば。午後の「闘い」に備えて、充電が必要だった。

阿佐ヶ谷駅前のタクシー乗り場で、T無線系の車両に乗車した。本日3回目のタクシーだ。上北沢のマンションの片づけ状態を確認するためだ。3時の約束だが、早めに向かうことにした。解体業社のお兄さんたちを待たせてはいけない。

2時半前に着いたが片づけはほとんど、終わっていた。ただし、難題が一つ残っていた。

ガスの元栓が古くて、閉まらないのだ。電話はまだ繋がっていたので、東京ガスに連絡し翌日の工事を予約した。本来は、解体業者の業務に含まれているはずだが、お兄さんたちの迫力に押し切られてしまった。「充電」も、効果がなかったようだ。

気落ちしている暇はない。次は法務局だ。

上北沢から2駅、下高井戸で世田谷線に乗り換えた。世田谷線は久し振りだが、相変わらずのんびり走っている。松陰神社前で下車し、商店街を抜けて左折すると、東京法務局世田谷支所がすぐ分かった。相続登記に必要な書類、「改製原戸籍」「除籍」「住民票の除票」などすべての書類を添付したが、母親の「現在戸籍」も必要なことを忘れていた。世田谷支所から武蔵野市役所まで何十分、掛かるのか――。

すでに、午後4時近くになっている。再び世田谷線に乗り、山下で下車。豪徳寺駅から、小田急線に乗車した。これが最短だと、瞬時に判断したのだ。新宿で中央特快に乗り、三鷹駅北口の武蔵野市役所中央支所で、戸籍謄本を取得した。同じルートで豪徳寺駅に戻ったが、5時10分前だ。世田谷線では間に合わないのでタクシーで直接、法務局に向かった。この日、4回目のタクシーだ。

「沖縄の翁長知事は――。沖縄県民は中国の側だから――」

最大手のタクシー会社「N交通」の運転手が、唐突に話しかけてくる。60歳位の男は、私に同意を求めているようだ。強く反論するのはあえて控え、さり気ない対応で茶を濁す。5時15分で、法務局は閉まってしまう。国の機関なので、時間は厳格だ。

5時10分に、世田谷支所に入ることができた。手数料分の印紙を購入する窓口も、間に合った。登記申請書の記入内容に、若干の訂正が必要だったが、母親の実印（印鑑登録印）で訂正して、全てクリアできた。

法務局を出たのは5時半を過ぎていたが、相続登記の手続きを1日で終えた満足感で、気分は充実していた。商店街を足早に通り抜け、松陰神社前から再び世田谷線で下高井戸駅に戻った。駅北口の大衆酒場で、ホッピーと煮込みで手短に喉を潤した。

自宅では、90歳の母親がお腹を空かして待っている。下高井戸商店街で買った総菜の袋を抱えて、つつじケ丘駅からタクシーで自宅に向かった。この日5回目のタクシーは、地元のK交通である。

タクシー会社最大手の「N交通」は、「反中国」「反沖縄」を「社是」にしているのか。同じ年の4月、自宅近くのバス停前で拾った「N交通」の車両。70歳くらいの運転手は、すぐに「お喋り」を始めた。

「中国人が、毒ガス兵器で日本を攻撃していますね」

ＰＭ２・５のことだと思うが、私は偏西風のこと、戦時中に日本軍が中国大陸で毒ガスを使用したことなど、淡々と説明した。

「ＮＨＫニュースの、解説委員の方ですか」

調布駅前で降りる際に問われたが、あえて否定はしなかった。

２０１５年3月下旬、三鷹駅南口のタクシー乗り場で同じ「Ｎ交通」に乗車した。「三鷹通りを調布方向」と私が指示すると、20代後半と思われる若い運転手が、不意に「お喋り」を始めた。

「やはり、美しい国の『八紘一宇』はいいですね」

三原じゅん子議員が参議院の委員会で「八紘一宇は、日本の大切な価値観」と発言した、数日後のことである。

八紘一宇とは「第二次大戦中、大東亜共栄圏の建設を意味し、日本の海外侵略を正当化するスローガンとして用いられた」ことを説明したが、話は嚙み合わない。三原氏と安倍首相の信奉者のようだが、そもそも、タクシーの運転手が客に自説を述べるな。ここで議論しても不愉快なだけなので、途中のコンビニの駐車場で下車することにした。この男に、自宅を教える必要はない。

「N交通」の社是については、まだ調査中である。その後、「N交通」の車両に止むを得ず乗車する場合は、十分に留意している。

一日5回タクシーの長い1日だったが、これは「激動の6ヶ月」の、わずか1日の出来事である。

なお、私は自動車の運転免許を取得しようと思ったことは、過去も今も一度もない。

第5章　その時、日吉キャンパスで

２０１６年6月、久し振りに日吉キャンパスを訪れた。大学卒業以来なので、45年振りだ。

夏の強い日差しが、眩しい。それ以上に、キャンパスの変貌ぶりには驚いた。図書館の場所と規模が、大きく変わっている。銀杏並木は変わっていないが、図書館が並木と平行して高く聳えている。当時、教務部などの管理棟があった場所だ。変わっていないのは、キャンパスの中庭だけだ。当時中庭には、各学部やセクトの大きな立て看板が立ち並び、いつも大・小の学生集会が行われていた。

空間としては変わっていないが、今は無機質な風景の中に学生たちが佇むだけだ。雌伏45年の今を、思い知らされる。

１９６８年7月4日、私が経済学部1年の夏だった。この場所で日吉全学学生大会が行われ、スト決議が確立された。夕暮れの中庭に、「米軍資金導入反対」のシュプレヒコールが轟いた。そして、各学部・各セクトの数百人のK大生が肩を組み、斉唱したのが「丘の上」である。インターナショナルではなかった。私の記憶では、「丘の上を歌おう」の叫びが、確かにあった。文学部の活動家の叫びだったと思う。不思議な連帯感が、キャンパス中庭全体に広がったのを、今でも覚えている。

丘の上には　空が青いよ
ぎんなんに鳥は　歌うよ　歌うよ
ああ　美しい我等の庭に
知識の花を　摘みとろう

（中略）

新しい時代（よ）の　鐘がひびくよ
若人（わかびと）の胸は　躍るよ　躍るよ
ああ　華やかに若き命を
声張り上げて　歌おうよ

――「丘の上」青柳瑞穂作詞・菅原明朗作曲――

（1943年10月21日、秋雨降る明治神宮外苑で行われた学徒出陣壮行会。その会場で歌われた、K大のカレッジソング）

この年のストライキ闘争は、キャンパス全体の完全封鎖ではなかった。銀杏並木の入口など象徴的に、一部のみにバリケードが構築されていた。私はバリケードを抜けて、陸上トラックの綱島街道側にあった25メートルプールで、「体育実技の水泳」授業に参加して、単位を取得できた。ちなみに、評価は「A」だった。

今の日吉キャンパスで、45年前と変わっていないのは他に中庭の食堂棟側の「掲示板」と、旧図書館・藤山記念館である。

1970年11月下旬、日吉キャンパス中庭の「掲示板」前で、白ヘル姿のC派活動家数名がアジビラを配っていた。当時、経済学部3年だった私は、三田から遠征してK大新聞の宣伝活動をしていた。前の週には、明治公園で行われた全国全共闘の「沖縄闘争」の際に、C派とSK派が激しく衝突し、多くのけが人が出ていた。石の直撃を受け、左目を失明した学生もいたらしい。

晩秋の午後、西日が眩しい掲示板前に向かって、銀杏並木の方向から雄叫びが聞こえてきた。青ヘルに鉄パイプで完全武装の、SK派の活動家だ。約50人が、全力疾走で向かってくる。SK派はK大では10人に満たないはずだ。「外人部隊」が含まれているようだ。日吉と同じ東横線沿線に、K学院大がある。SK派の拠点の一つだ。私は、全力疾走で図書館に向かった。入口の女性職員に学生証を提示し、2階で息をひそめた。C派の数名は学生団体棟の4階に逃げ込み、バリケード越しに「外人部隊」と対峙したそうだ。その後、C派の応援部隊が到着し、「外人部隊」を一掃した。

私が逃げる必要はなかったのだが、SK派50人が襲撃する約5分前に、彼らの陽動作戦に巻き込まれていたのだ。掲示板前で、ビラ配りをしていたC派数名と、SK派3人が小競り合いになっていた。商学部3年で、K大SK派最高幹部の新山がC派に追われて逃げる際に、私は咄嗟に足を引っ掛け、倒してしまったのだ。

新山は「社会党・社青同協会派」を名乗り、地味で穏健な活動をしていたが、いつの間にかK大SK派の最高幹部になっていた。

数日後、12月の初旬。三田キャンパスのシンボル大銀杏は、冬の陽射しに黄色く輝いていた。私は大手町の就職広告社で掲載広告の版下を受け取り、第一号館地下の新聞部の部室に戻ると、懐かしい女性がいた。K大C派の最古参の一人、文学部4年の外ノ山女史である。黒縁で地味なメガネ姿の女史は、数名の新聞部員や来訪者に持論を展開していた。明治公園での「沖縄闘争」のこと、日吉キャンパスでの「外人部隊」のこと等々。最古参だが、彼女はC派の幹部ではない。外ノ山女史は、1年前にヨーロッパ旅行中に知り合ったK学院大生と同棲しているそうだ。

「T君は、髪の長い女性と手を繋いでいたでしょ。見ていたわ」

先月、明治公園の全国全共闘「沖縄闘争」に、外ノ山女史も来ていたのだ。日本青年館側の一段高いスペースで、報道陣や見物人、シンパの学生たちに雑じって、私も確かにそこにいた。晩秋の夕暮れ時で、判別が難しいくらい多くの人がいた。

彼女が同棲しているK学院大生はSK派の活動家で、C派を迎え撃つ最前列にいたそうだ。

「彼のことは心配だったけど、C派の白ヘル軍団が到着した時は、私も嬉しかったわ」

私は編集机に座って、広告原稿を整理しながら、上の空で外ノ山の話を聞いていた。日吉の中庭に完全武装で突入した青ヘルの「外人部隊」に、彼女の同棲相手がいたのか、私が知る由もない。また、あえて質問もしなかった。

1969年6月26日、日吉全学学生大会で「無期限バリケードスト」が決議された。全国の大学で高揚していた「大学立法粉砕」がテーマで、私が経済学部2年の夏だった。夕暮れの日吉キャンパスで直ちに、バリケードの構築と大学当局の管理棟占拠が敢行された。教務部、学生部、そしてマンションのような日吉研究室も。

この時点ではヘルメット姿は当たり前で、各学部・学科、各サークルの様々なヘルメットを被り、数百のK大生がバリケード構築、建物占拠に加わった。特にC派の組織力・オルグが功を奏し、白ヘルの学生が目立った。「文」「経」「法」「政」「工」「医」などの一文字である。私など幹部（？）は、C派の2文字「〇〇」である。

当局の管理棟占拠に抗議・反対する体育会系学生も、かなりいた。教務部の建物内では、私と同じクラスの戸田君ら数名が、「H大帰れ、外人部隊帰れ」と叫んでいる。法律学科の「法」を、H大学の頭文字に見立てているのだ。私が説明しても、彼らは全く聞き入れなかった。なお、H大学はC派の拠点校として、知られていた。

無駄だと思うが、ここで戸田君に一曲、進呈したい。名曲「カスバの女」である。当時、占拠中の日吉研究室から丘を下って、綱島街道を元住吉方向に行くと、一軒の深夜スナックがあった。そこのジュークボックスで、K大新聞の仲間とよく聞いた一曲である。

涙じゃないのよ　浮気な雨に
ちょっぴりこの頬　濡らしただけさ
ここは地の果て　アルジェリア
どうせカスバの夜に咲く
酒場の女の　うす情け

唄ってあげましょ　わたしでよけりゃ
セーヌのたそがれ　まぶたの都
花はマロニエ　シャンゼリゼ
赤い風車の　踊り子の
今更かえらぬ　身の上を

あなたもわたしも　買われた命
恋してみたとて　一夜の火花
明日はチュニスか　モロッコか
泣いて手を振る　うしろかげ

外人部隊の　白い服

（作詞：大高ひさを　作曲：久我山明）

この歌詞にある「外人部隊」とは無論、「外国人部隊」のことである。全共闘時代の「外人部隊」が、他大学の学生を意味することは、誰でも知っている。ただし、戸田君たちが叫んだ「外人部隊帰れ」は、今日の「ヘイトスピーチ」に繋がる日本人固有の民族排外主義・差別主義だと、私は思っている。今度、「K大経クラス会」があった時に、戸田君に問うてみたい。

なお、東大闘争の最盛期には、全国から多くの「外人部隊」が応援に来ていた。これが「全国全共闘」結成の源流になっている。私も20歳の1月に2回、本郷キャンパスに馳せ参じている。「外人部隊」の一人として。この件の詳細については、「章」を改めて述べたいと思う。

第6章　激動の六ヶ月

２０１６年1月下旬、新居のマンションに転居して1ヶ月半過ぎた寒い朝であった。前日の雪は小降りだったので、道路に雪の名残はない。畑の上には、僅かに雪の名残が認められる。午前9時過ぎに、母親の飲み薬を受け取るため私は旧邸の先、祇園寺通りのM医院に向かっていた。懐かしい風景に目を奪われていると、唖然とした。50年間住んでいた旧邸「ごみ屋敷」が更地になり、白い雪が積もっていたのだ。旧家屋も、白木蓮の巨木もすべてなくなっている。「激動の六ヶ月」の終章、私にとって衝撃的な風景であった。

団塊世代の私は大学受験で一浪して、代々木駅に近いY予備校に通っていた。この当時、「べ平連」の創設者の一人、作家の小田実氏が英語の講師として、この予備校に在籍していた。教養講座や講演会などの催しが行われていたが、私は一日も休まず授業に集中していた。１９６７年度、いわゆる「激動の七ヶ月」と重なる時代のことだ。

「激動の七ヶ月」とは、国際的に広がったベトナム反戦闘争を時代背景に、10・8羽田闘争から、王子・佐世保・三里塚と約七ヶ月続いた「三派全学連」の反戦闘争の通称だ。私は浪人中で、闘争に参加していないが、京大生山崎博昭君の死に大きな衝撃を受けた。私の「思想」の源流になった「七ヶ月」だったと言える。

この章の表題「激動の六ヶ月」とは、２０１５年8月から翌年1月までの六ヶ月のことだ。無論、「激動の七ヶ月」を模した表題だ。

50年間母親と居住してきた、戸建て住居の老朽化。老老介護に対応したマンションの選定。仲介業者T不動産S氏との、駆け引きと確執。9月に亡くなった兄の「死相」と、相続関係の各手続き。

溺愛していた長男の早すぎる死に直面した、90歳の母親の喪失感と救急車騒動等々――。

その間に、私はデビュー小説の出版のため、B出版社の編集者との交渉や原稿の校正を何回も行っていた。筆者の「最終校正」が責了になったのは、２０１６年1月、「激動の六ヶ月」の末日だった。

兄が住んでいたマンションの売却は10月の下旬、ＭＳ銀行新宿西支店の4階で行われた。

購入する不動産業者の担当者は、茶髪の20代と思われる男だった。不安感もあったが、大手銀行の会議室での取引なので、風体にこだわったのは私の杞憂だった。1階のATMで入金を確認して、売却は完了した。なお、法定相続人の母親は足が不自由なので、仲介業者K不動産の小林君と司法書士が事前に調布の自宅を訪れ、関係書類の作成は終わっていた。

取引終了後、私はすぐ近くの思い出横丁の馴染みの中華店で、ビールとつまみで一息入れることができた。税務署や法務局など行政機関での手続きについては、それなりに知っていたが、不動産取引は初めての体験だった。

自宅の売却は11月の下旬に、ようやく完了した。

府中の公証役場まで、タクシーで母親を連れて行った。父親の死亡後の登記簿謄本が見つからず、法定相続人の母親と私の本人確認が必要になったのだ。午前10時に現地で待ち合わせていたT不動産のS氏と、司法書士が立ち会った。

その後、またタクシーでMS銀行の府中支店に移動し、自宅を購入する不動産業者からの入金を確認した。この業者は、T不動産の下請け業者のようだった。T不動産はテレビのCMにもよく登場する大手の仲介業者だ。何はともあれ、自宅の売却に関わる繁雑な手続きは、すべて完了した。

伊勢丹府中店9階のレストランで、90歳の母親とビールで乾杯したのは、午後の1時過ぎだった。

なお、転居先のマンションの購入代金支払いは、一週間前に済ませていた。引っ越しの準備に時間が掛かるので、前倒ししたのだ。

「激動の六ヶ月」の最大の闘いが、引っ越しである。大手の「A引越センター」と契約し、12月5日に決行した。

T不動産のS氏に「ごみ屋敷」と命名されたように、家の中はごみの山だ。2階の物置部屋にある膨大な書籍のうち、雑誌類など約半分を燃えるゴミの「特大袋」数袋にまとめた。フィルムやプリントなど写真類も膨大だ。古い衣類も「資源」と燃えるゴミに、分別が必要だ。不用な家具などは、粗大ゴミの回収事務所に有料で依頼した。問題なのは、1階にある母親の衣類だ。足が不自由で、外出もほとんどできないので、全部捨てることを提案したが、拒否された。狭いマンションに転居するので、母親の衣類も半分以下にしたい。

従姉の山本美紀さんに頼んで、母親と3者で点検し、約半分を資源ゴミで出すことにした。

12月5日朝8時、引越し業者が制服姿で現われた。母親はまだ寝たままだ。従姉にも手伝ってもらい、業者の若い男女5人に急かされながらトラックに積み込みが終わったのは、午前11時を過ぎていた。業者名の入った段ボール箱30個以上に囲まれて、新居マンションで私がベッドに入ったのは、午前0時を過ぎていた。

翌日から1週間、毎朝9時に旧宅「ごみ屋敷」に赴き、回収日に合わせて可燃・不燃・資源の特大袋各5袋以上を、屋敷の前の道路に出した。不動産業者に旧宅を引き渡す指定日、10日後までに。

なお、「ごみ屋敷」とは家の中・部屋の中のことである。ニュース番組に出てくるような、周辺道路にごみが溢れる状態ではないことを、付記しておく。私は自称、「常識人・知識人」だ。

新居マンションの部屋に積まれた30個のダンボールの片づけには1ヶ月近く掛かり、ようやく新年を迎えることができた。

年末には、私のデビュー小説の初校ゲラが、B出版社からレターパックで届けられた。

第7章　成人式　石の雨降るキャンパスで

1969年1月8日の夕刻、辺りは真っ黒な闇に包まれている。

その瞬間、東大本郷キャンパスの一角で、空から石の雨が降ってきた。その一つが私の白ヘルメットに当たり、弾んだ石が右手を掠めた。思わず、握っていた鉄パイプを落としてしまった。

報道陣のサーチライトに照らされた校舎の入口では、激しい衝突が続いている。中からは、角材を振りかざす黄色いヘルメットの軍団。外から攻めるのは赤・白・青・黒などのヘルメットを被り、鉄パイプを持った全共闘の部隊。屋上からは、黄色ヘルが石の雨を降らし続ける。黄色ヘルは、日共・民青の「外人部隊」だ。

全共闘の部隊にも、多くの「外人部隊」が含まれている。後方で立ち尽くしている私も、その一人だ。

「これを使ってください」

足が竦む私に、長い鉄パイプを差し出したのは、白ヘルの女性活動家だ。髪の長い美人の顔を見て、驚いた。先月、週刊誌のグラビアで見た女性だった。「週刊朝日」だったか「サンデー毎日」か、私の記憶は定かでない。ただ、彼女は東京G大生で全国的に有名な女性活動家、神本茂子さんその人だった。K大では、「日吉のローザ」、石川みどりさんが有名だが、神本さんは週刊誌に載ったので、全国区の別格ヒロインだ。

後に、悲劇的な「事件」に巻き込まれるのだが、その時点では知る由もない。その件について、私には語る言葉も見つからない。

石の雨が止んだあと、広い本郷キャンパスの真っ黒な闇の中で、私たち「外人部隊」は歩く方向すら判らない。東大C派メンバーの誘導で、本郷キャンパスから脱出したのは、午後11時を過ぎていた。本郷3丁目から地下鉄でお茶の水駅に出て、N大理工学部の新築校舎内で仮眠を取ることになった。「外人部隊」は「多国籍」の部隊で、N大生など様々な大学の混成部隊であった。

校舎内は無論、暖房など入っていない。真冬のコンクリートの床の上で、私は一睡もできなかった。

「――今年もまた成人の日を迎えた。6年前のこの日、東大安田講堂前のアスファルトの上で、差し迫った機動隊導入に備えて、窓を覆うベニヤ板に打ち付けられる釘の音を聞きながら、夜中の冷気に凍り付いた足の裏をたき火に当てていた20歳の私。成人式の当日だ。

――団塊世代の故、受験地獄で歪んだ青春。毎日予備校と家を往復するだけの浪人時代。

――」

私が大学卒業の3年後に、K大新聞の「受験生特集号」に投稿した文章の抜粋である。

1969年1月15日、東大本郷キャンパスに再び、応援の「外人部隊」の一人として潜入した。「正門」から正面の安田講堂に向かって左側の工学部列品館は、ML派が防御を固めている。右側には、法学部研究棟があった。C派と4T派がバリケードの構築を進めている。校内の歩道の敷石を剥がし、3階と4階に運んでいた。機動隊への投石用だが、一枚でもかなり重たい。

電源と暖房はすべて、大学当局が遮断しているので、足の裏が凍り付くように冷たい。研究棟前のたき火の熱が有り難かった記憶が、今も私の脳裏に鮮明に残っている。

法学部研究棟には、各教授の研究室がある。さすがに東大で、著名な教授名も多かった。4階には、丸山眞男教授の部屋もあった。

東大全共闘の元議長山本義隆氏は、近著『私の1960年代』の中で、丸山眞男教授について次のように述べている。

「――丸山眞男は外に言っていることと学内でやっていることが違うじゃないかというのが一番の印象でした。たとえば、彼が以前に批判した『超国家主義』と言われるかつての大日本帝国の無責任きわまる支配体制などとまるでおなじようなことが東大でおこなわれているわけですが、それにたいしては、何も言いません。他方で、文学部の学部長追及闘争にたいするかれらの批判は、日本の権力あるいは権力側ジャーナリズムがさまざまな反体制運動を批判してきた論調とまったくおなじであり、それこそこれまで丸山が批判してきたものそのものではないのか、私はそういう形の批判をしたのです。一口で言うと丸山眞男のダブルスタンダードを批判したわけです。――」

山本義隆氏は著作の「はじめに」の最後に、「2015年8月、安保闘争の渦中で」と記している。今でも、彼の立場で「闘い」を続けている山本氏に、改めて敬意を表したい。

私は全共闘時代、付和雷同分子で団塊の一片に過ぎなかった。その団塊の一片が、「外人部隊」として東大闘争に参加した経験が、私の「思想」の原点になったと確信している。そして雌伏45年の今も、「思想」の原点を変えることなく、私なりの戦線で「闘い」を続けているのだ。

第8章　野川から、遠く離れて

文化会館「たづくり」12階の大会議室で、終了予定時間を過ぎても、「連絡会」が終わる気配はない。母親には、午後8時半までに帰ると伝えてある。救急車を呼ばれたら、厄介だ。

昨年9月に兄が亡くなってから、母は3回「救急車」を呼んでいる。1回目は同じ9月、2回目は10月、いずれも旧邸の時だ。3回目は引越し後、今年の1月だ。いずれも、私の帰宅が遅くなった時だ。遅いといっても、午後5時に間に合わなかった程度なのだが。

母親は精神状態が不安定になると、「過呼吸」になり、呼吸が苦しくなるのだ。すぐに救急車を呼び、私の従姉の山本美紀さんと母の知人Mさんに電話して、大騒動になってしまう。救急病院で検査の結果、いつも「どこも悪くありません」となるのだ。

この日は、私が家を出たのが午後5時半過ぎである。母親の夕食の準備を済ませてからだ。行き先と用件は、何回も伝えた。

8時40分に「連絡会」の会場から、途中退席した。文化会館の外は、深い闇だ。地下化した京王線の廃線沿いに、家路を急ぐ。武蔵境通りの旧道を北に真っ直ぐ進むと、自宅のマンションまで10分ほどだ。途中、国道20号の信号が特段に、長く感じられた。

2棟造りのマンション中央を東西に走る私道沿いに、橙色の街路灯が美しく輝く。流石に、「ベストデザイン」賞を受賞した所以だ。

豪華なエントランスを抜けて、2階の自宅の鍵を開けると、奥の居間で母親はテレビを見ていた。

「遅かったわね。何処に行っていたの」

母親はいつも、私の説明を聞いていないのだ。

2016年6月の調布市の広報誌で、「野川流域連絡会」委員の募集記事に目が留まった。東京都建設局の河川管理部門「北南建」が募集する、ボランティアの委員だ。私は野川沿いに50年住んでいた自称、「野川の生き証人」である。

「激動の六ヶ月」を乗り切って、私自身少し精神的に余裕もできたので、応募することにした。以下、「応募の動機について『野川から、遠く離れて』」の作文を紹介したい。

「昨年12月、約50年住んだ調布市S町から、市内のF町に転居しました。野川まで徒歩で30秒の古い住居から転居しました。表題は、『遠く離れて』としましたが、新居のマンションから北へ約5分で野川の御塔坂橋です。私の心情では、5分でも『遠く離れて』いるのです。

昭和41年春、幅が狭く曲がりくねっていた野川が、台風による大雨で氾濫し、大洪水になりました。当時高校2年だった私は帰宅時に、氾濫した野川を渡れず、苦労したことを記憶しています。榎橋、一の橋、そして大橋も水没して渡れない状態でした。

それから5年、美濃部都知事の時代に大改修を終えて、野川は広くて真っ直ぐな流れに変わりました。その数年後、川面を一列に並んで泳ぐカルガモを発見した時の感動を、今でもはっきり覚えています。今では、マガモ・オナガガモ・ユリカモメなどの渡り鳥が、秋の深まりと共に順次、訪れて来ます。（中略）

私は40歳代の頃、野川沿いのランニングを常にしていました。

50代以降には、ウォーキングに転じ、武蔵小金井駅までよく歩きました。また時には、国分寺まで歩を進めました。日立中研の大池湧水群、真姿の池、そして復元された姿見の池等々。『野川から遠く離れた』今でも、私は源流への探索を続けています。（後略）」

1967年に制作された、フランスのドキュメンタリー映画「ベトナムから遠く離れて」。アメリカ軍の北ベトナムへの爆撃、いわゆる「北爆」が始まり、世界的に沸き上がったベトナム反戦闘争を背景とした作品だ。アラン・レネ、クロード・ルルーシュ、ジャン=リュック・ゴダールなどの共同監督による作品であった。

この章の表題「野川から遠く離れて」は、それを模したタイトルである。

ベトナム反戦闘争に始まり、激動の七ヶ月、東大闘争、そして沖縄闘争を経て、私の「思想」が形成された。雌伏45年の今でも、それは私のイデオロギーとして、引き継がれている。

一方で、50年前に調布に住み始めてから、「野川」は身近な自然として、原風景として私の日常から切り離せない存在だった。

「野川を歩かない日は、一日もなかった」と言っても、決して過言ではないと思っている。

第9章　シニア左翼が、風に吹かれて

２０１６年4月、朝日新聞の読書面で『シニア左翼とは何か』に目が留まった。著者は小林哲夫氏で、朝日新聞出版の発行である。放送大学教授の原武史氏が、次のように論評している。

「昨年夏から秋にかけて、国会前には連日のように安保関連法案に反対する人々が集まった。そこで注目されたのはＳＥＡＬＤｓと呼ばれる大学生たちであったが、人数では60代以上の世代の方がまさっていた。著者は彼らを『シニア左翼』と名付けている。彼らの多くは、１９５２年の血のメーデー事件、60年安保闘争、60年代末の大学闘争などのいずれかに関わった体験をもっている。そうした体験はしばらく封印されていたが、ＳＥＡＬＤｓはかつての記憶を呼び覚ます役割を果たした。本書には、熱くなりがちなシニア左翼とあくまで冷静なＳＥＡＬＤｓの対比がよく描かれている。（中略）一枚岩でないシニア左翼の実態が丁寧に描かれた好著だと思う」

駅前の書店で、すぐに購入できた。原武史氏の論評どおりの「好著」である。「シニア左翼」の全体像が、今の若者にも判るように簡易な文体で書かれている。また、「シニア左翼」の命名もよい。

私は「オールド・レフト」という表現を使ったことがあったが、「旧左翼」と間違いやすい。やはり、「シニア左翼」がベストだ。

「シニア左翼」と同じ時代を共有するボブ・ディラン氏の、ノーベル文学賞受賞が決まった。

ディランの曲名を、自らの回想録「マイ・バック・ページ　ある60年代の物語」の題名に冠した川本三郎氏は、次のように語った。

——朝日新聞社への入社は69年4月。1月には私が在籍していた東大で安田講堂事件が起きました。ベトナム反戦デモが続き、日本人カメラマンがベトナムの砲火の中に飛び込んで仕事をした時代でした。戦後民主主義にも勢いがあり、権力と向かいあう若者への支持も強かった。私が配置された朝日新聞出版局の、特に朝日ジャーナルは学生側に共感する人が目立った。

駆け出しのころはデモの取材によく行きましたが、これはきつかった。後輩の学生ら同じ年代の人々が目の前で逮捕されていく。ベトナム戦争のさなか。戦場ではベトナムの人々が殺されている、と訴えが響く中、傍観者的立場にいる気がした。どうしてもジャーナリストになりたくて就職浪人をして記者になった。気負いもあり『僕は何をしているんだ』と感じていました。――（朝日新聞２０１7年4月26日夕刊「あの頃の自分につけた決着」より一部抜粋）

この回顧録を映画化した作品の冒頭に、69・4・28沖縄闘争の実写フィルムが挿入されていた。私の20歳の「勇姿」が一瞬、東京駅のホーム上で映し出された。「シニア左翼」の一人として、また、69残滓の私にとって思い出深い作品であった。

ボブ・ディランの代表曲「風に吹かれて」を口ずさみながら、10月下旬の午後、久し振りに明治公園に向かった。雌伏45年、私の「思想」の原風景を再訪するためだ。

千駄ヶ谷駅から徒歩で10分、現地に着いたが明治公園も日本青年館の重厚な建物も、跡形もなかった。国立競技場の跡地と公園敷地の間の公道も含めて、鉄製の高いフェンスで囲まれている。

歩道に長い人の列が続いている人気ラーメン店の前に、「明治公園前」のバス停だけが残っていた。また、公園の南側に隣接する都営霞ヶ浦アパートの建物は、残っていたが解体工事の準備中だった。

巨大で広大な新競技場の工事現場を一周して、千駄ヶ谷門から新宿御苑に入った。葉が少なくなった桜の園を抜けると、雄大なプラタナスの巨木が目に入る。まだ紅葉前だが、大きな葉が少し黄色く色づいている。フランス式整形庭園の「すずかけ」並木は、いつ見ても鮮やかだ。「カスバの女」と「外人部隊」、二つの歌詞が脳裏を過った。

大木戸門を抜けると、「B出版」の社屋ビルは目の前だ。私のデビュー作品を出版した会社である。

――強い西風に乗って、代々木公園・NHKの方向から、街宣車の拡声器音が聞こえてくる。聞き取り難いが、「天気せいろうなれども波高し。我が軍は、我が軍は――」と叫んでいるようだ。A首相が、「得意な言葉」だ。代々木公園ではなく、ワシントンハイツ、否、「陸軍代々木練兵場」からのようだ。続いて、スピーカー音が微かに聞こえてくる。「A総統、万歳。A総統、万歳――」

NHK前の代々木練兵場、否、代々木公園で右手を高く掲げるアホな若者たちの一団に混じって、見たことのある顔を発見した。S長官、M会長、M原女史、I田女史――。M

原とI田は、迷彩服の風体だ。「鉤十字」の、否、「旭日旗」のハチマキをしている。忌々しい「幻影」だが、創作ノートの片隅に書き留めた。幻影が虚構ではなく現実となるその日は、遠い未来ではあるまい――。

私がデビュー作品の「終の章」に書いた、一節である。

初校の際に、B出版の編集担当は、「A総統」を「安倍総統」と赤字を入れてきた。B出版の編集方針では、国会議員等の政治家の場合、「実名あるいはイニシャル」となっている。

私は、「安倍晋三は自民党の総裁であって、現状では『総統』ではないので、この場合はイニシャルとしましょう」と返答した。

２０１６年9月27日の朝日新聞夕刊、「素粒子」を引用する。

――任期延長もさもありなん。首相の演説に立ち上がって拍手する自民党議員たち。夢見心地の忠誠競争は某国並み。――

私は、創作ノートに書き加えた。

「自民党議員、特に幹部諸氏に提案する。3期9年などと『ちまちました』ことを言わないで、『総裁』の名称を『総統』に変えたらどうだ。任期は無論、『終身』である」

1年半前の3月に、私が創作ノートの片隅に書き留めた「幻影が虚構ではなく、現実となるその日は、遠い未来ではあるまい」が、すでに現実の「その日」となったのだ。I田女史は稲田防衛相となり、すでに「迷彩服の風体」だ。

B出版編集担当の「赤字」に同意し、「安倍総統、万歳。安倍総統、万歳――」とするのが、正しかったようだ。

私が多くの作品を愛読した作家井上光晴氏は、『ファシストたちの雪』の「あとがき」の最後を、次のように結んでいる。

――悪霊に犯しつくされた状況のなかで、きたるべき未来を表現することの困難さを充分承知しつつ、あえて挑戦したのは、真実に接近する方法としての虚構を決して離さぬためである――。

第10章　そして、私自身の「死相」は——

調布東山病院2階の受付で、M医院の「紹介状」と「内視鏡検査同意書」を提出し、同じフロアの内視鏡センターで待機する。

数分後、移動式ベッドに寝かされ左手に鎮静剤注射を打たれる。5分ほどで、意識が朦朧となってくる。わずかな意識の中で、ベッドに寝たまま内視鏡室に運ばれた。口の中に薬品が噴霧され、開いた状態に固定される。細い機器が、口の奥に静かに入っていく——。

1週間前、激しい嘔吐を3回繰り返したあと、洗面台の鏡を見て驚いた。自分の顔に、「死相」が見えたのだ。

「先に死なないで」

少し認知症気味の母も、私の体調の異変に気付いたようだ。

91歳で足の不自由な母親を自宅に残したまま、私が先に逝けるのか。老老介護対応のマンションに転居して、まだ10ヶ月足らずだ。やり残している「思想」の再検証も、多く残っている。10月31日締め切りのM文学新人賞「応募原稿」も、未だ執筆中だ。

悶々とした精神状態で、食欲も全くない。一日の半分以上、「音のない空間」で寝たまま、長い1週間が過ぎていた。

ベッドの上で約1時間、鎮静剤の効果が薄れるのを待ちながら、「小説」の「終の章」のイメージが少しずつ膨らんできた。私の創作ノートは、私自身の頭脳の中に存在する。

——二重国籍問題「それがどおした」——

2016年9月20日の「日刊スポーツ」社会面に載った、見出しである。大谷昭宏氏が毎週火曜日に連載しているコラムだ。「ひどい選挙戦だった民進代表選」が、サブタイトルだ。

「人が自分で選ぶことができない出自、流れる血、それをあげつらい、攻撃し、卑下する。これがどれほどひきょうなことか。人として絶対してはならない、あるまじき行為だということをだれか言い出さなかったのか。——あの敗戦時、旧満州に置き去りにされた残留孤児と、その子どもたちの姿を思い浮かべた。——人は出自や血が育てるのではない。慈しんでくれる大人が、友が、土地が、風土が、育み、伸ばしてくれるのだ。——」

紙数の関係で、全文を紹介できないのが残念だが、ジャーナリスト大谷昭宏氏の真骨頂を見ることができた。

同じようなことが、また繰り返された。

２０１６年10月20日の朝日新聞夕刊「素粒子」を引用する。

——差別構造があらわに。沖縄で「土人」と口走る警官。その出張ご苦労様と大阪府知事。ここで起立、拍手をするか。——

私は「創作ノート」に書き加えた。そもそも、松井一郎なる人物が大阪府知事となる資質を有しているのか。橋下徹氏の人気に便乗して、府知事にまで押し上がり、今や安倍「総統」と食事をする地位にまで上り詰めた人間だ。あの横山ノックでも勤まった大阪府知事ではあるが、松井一郎はそれ以下であり、より悪質だ。

「——松井はこの問題を街のチンピラ同士のけんかのように扱うが、政治家であるとか公務員だということを全く理解していない。この男が知事という公人として君臨していることの方が問題ではないか。——ヘイトスピーチにつながる差別意識を持つ者を擁護するような発言も、認めるべきではない。『琉球処分』など日本の沖縄への差別や蔑視の歴史的経緯に思いが至らない知恵のなさを憂える見識を持つべきだ。——」（10月22日「日刊ス

ポーツ」社会面コラム「政界地獄耳」から抜粋）

再び「創作ノート」に書き加えた。「松井一郎には、沖縄への差別や蔑視の歴史的経緯への思いと知恵が、そもそもないのだ」と。また、沖縄に派遣させた20歳代の機動隊員に、「土人」「シナ人」などと発言させた「上司」がいるはずだ。「再検証の夏」は続く。

季節は、晩秋に向かっている。「冬の時代」が再び、訪れようとしている。朝のテレビニュースの気象情報では、本日10月26日は、気温が上がり再び「夏日」になるそうだ。

雌伏45年、「死相」と「思想」の深層を検証する私の「再検証の夏」は、未だ進行形のままである。

また、91歳の母親の「死相」と、私の「死相」のいずれが先に「死に顔」に変わるのか、知る術はない。

私の時事小説的「私小説」をM文学新人賞に応募する直前に、三笠宮さまの「訃報」が報じられた。御年、１００歳であった。

「戦中に日本軍の悪行を指摘する。紀元節復活は架空の歴史に基づくと批判。もっと語ってほしかった三笠宮さま」（朝日新聞「素粒子」２０１６年10月28日、金曜日夕刊）

昭和史の「生き証人」の死は、残念である。

歴史修正主義者との闘いは、これからも続いてゆく。私も微力ながら、その「戦線」の最後尾に加わりたい。私の「死相」が、「死に顔」に変わるまで。

（第一部　完）

第2部　1969～2019年　再起動の冬

第11章　一難去って、また――

頭部と両肩を固定され、上向きでコンベア状の台に乗って円筒状の大きな装置に、徐々に入ってゆく。工事用のドリル音や金属製品を引き摺る様な異音が、耳栓を通して聞こえてくる。

コンベアの台の上で、前後に移動しながら約20分。9年ぶりのMRI検査が終わった。拘束された状態は好きではないが、毎年検査を受けている頃は寝てしまったこともあった。決して苦痛ではなく、昨秋の初めての胃カメラ検査とは、雲泥の差だ。

50代半ばと思われる女性院長の穏やかな表情は、以前と変わっていない。検査前の問診で、いつも安心感を与えてくれる。

「血圧は、120から75。正常ですね。お変わりなくお元気そうですね。68歳には見えません」

昨秋からの胃の変調や嘔吐の話をして、「作家」の名刺を渡した。

八王子市にあるKクリニックは、私が公務員時代に共済組合指定の検査機関であった。当時はK脳外科を併設していたが、今はK国際病院のグループである。尿検査に始まり、MRI／MRA／頸動脈エコー／採血・心電図など手順よく各検査が進められた。オプションで受けた腹部CTが今回、私の最も気になる検査だ。

約1時間半で検査を終えて、院長の結果説明。

「MRIでは、脳に異常は認められません。9年前とほとんど変わっていません。さすがに作家ですね。腹部CTでは、脂肪肝はありませんが、肝臓に変形が認められます。禁酒して、内科で再検査を受けてください」

クリニックを出たのは、午後2時半を過ぎていた。昼食抜きの検査なので、空腹の限度を超えている。とりあえず、ビールが飲みたい。国道20号の石川入口周辺には、飲食店は見当たらない。日野方向からバスが見えたので、八王子駅に戻ることにした。クリニックの建物の横に、相武国道事務所のアンテナが聳え立っている。何か、懐かしい風景に見えた。

京王八王子で降りずに、JR八王子の終点まで進んだ。前の乗客が料金の支払いに手間取っている。

「ゆっくり、どうぞ」

京王バスの乗務員は、お年寄りに親切だ。Ｓｕｉｃａをタッチし漸く降車したが、次は歩道橋の階段だ。

早く、ビールが飲みたい。駅ビルのレストラン街は9階だ。エレベーターで上るのは、時間的に我慢の外だ。イラつきながら、Ｓｕｉｃａで改札口を通過した。すぐ入った立ち食いそば店に、ビールの小瓶があり、一息つくことができた。かき揚げそばも良かった。

立川駅で、特急「かいじ」の待ち合わせだ。選択の余地はない。自由席で三鷹まで一駅、５１０円は安いものだ。駅中のＱ伊勢丹でイチゴとサラダ、米八で弁当を買い、いつものようにタクシーだ。

老老介護のルーティンだか、自宅マンションの入口で「異変」に気付いた。「カギ」がないのだ。

「一難去ってまた一難」、私が大好きな諺だ。

財布に入れてある予備のカギで、マンションに入り、帰宅した。母親は常に家にいるのだが足が不自由なので、私が入口のブザーを押すことはない。

防犯設備は万全のマンションだが、他人がカギを取得すれば話は別だ。不安と自己嫌悪で頭が飽和状態だが、カギを落とした場所を自ら検証する。Kクリニックの更衣室か、院長室か。すぐに電話したが、受付女子の対応は事務的だ。

「確認して、連絡します」

5分も経たないうちに、見つからなかった旨、連絡があった。悶々とした気分で、その日は早く寝ることにした。

翌朝、再検証を開始した。カギはいつもワイシャツの胸ポケットに直に入れているのだが、MRI検査の前にコートの左側内ポケットに移して、ロッカーに入れたはずだ。MRIの磁気を避けるためだ。クリニック内の可能性も頭に残っていたが、他の可能性の検索を始めた。

一つ目は、バスの乗降時である。早速、8時半に京王バス八王子営業所に電話を入れた。

「昨日の午後2時頃、『石川入口』から終点まで乗車した者ですが、車内にカギが落ちていなかったでしょうか。特に、乗車口と降車口の近くですが」

「お待ちください。すぐに確認します」

電話口で2、3分待つと、答えは速かった。

「お問い合わせの遺失物は、見当たりませんでした」

コートの左側内ポケットからＳｕｉｃａを出すときに、カギが引っかかり落ちたことしか、考えられない。バス会社の素っ気ない答えに疑念を抱きつつ、次の可能性を探ることにした。ＪＲの改札口が考えられる。当時は、ビールを早く飲みたい一心で、カギの存在を忘れていたのだ。八王子駅か、三鷹駅か――。特に八王子駅に入る時点でイラつきがピークだった、アルコール依存の私である。

ＪＲ八王子駅のホームに、中央線の遺失物保管事務所があることを、私は以前から知っていた。

駅員は電話を待っていたかのように、すぐに対応してくれた。駅員も困っていたようだ。「高級」マンションのカギだと、判っていたのだろう。カギに持ち主の所在が分かる小物は、何も付けていない。

カギの形状や特徴を説明すると、すぐに私の物だと判明した。午前中には受け取りに行くと、駅員に伝えた。

２００５年７月上旬、金曜日の暑い夏の午後であった。国分寺駅北口の中華食堂で母親と昼食を済ませ、西武線を乗り継いで飯能駅に向かう予定だった。Ｓｕｉｃａで改札に入ろうとして、気が付いた。カメラバッグがないのだ。すぐに、中央線の吊り棚に乗せたことを思い出した。吉祥寺駅で乗車して、国分寺で下車した時に忘れたのだ。食事中も、全く思い出さなかった。旅行用のカバンは座席の足元に置いたので、忘れる訳はない。母親は、自分のカバンのことしか意識にない。

快速八王子行きだったことをJRの駅員に伝えると、すぐに見つかった。八王子駅ホームに遺失物保管事務所があることを、私が知っていた所以である。

同じ1番線ホームで2両編成の八高線に乗るまで、長く待った記憶がある。東飯能で西武線に乗り換え、飯能駅で旅館の送迎バスに間に合った。「名栗村」唯一の温泉旅館、「大松閣」の送迎バスである。当時は埼玉県入間郡名栗村であったが翌年1月、飯能市に併合され、今は飯能市名栗である。「大松閣」は青梅市に抜ける山道沿いの傾斜地に建つ、杉の香り溢れる人気旅館であった。

その日は夕食後、旅館の送迎バスで近くの名栗川のポイントに向かった。当地の観光名所で、ホタルの鑑賞会を堪能できた。

翌朝、前日回収したカメラで、朝の風景を撮った。旅館4階の部屋から、朝靄に煙る杉林をバックに、赤いランドセルを背負って坂道を下る少女の後ろ姿に、焦点を合わせた。「名栗の朝」である。私のベスト作品の一つに数えられる「佳作」となった。

当時、80歳を過ぎた母親は、普通に歩くことができた。東飯能駅での乗り換えの際も、長い階段を自力で上ることができたのだ。

その5年後の7月、猛暑の午後にあの「事件」が起きたのだ。決して思い出したくない「事件」である。

「今日は猛暑日になるから、午後のマージャンはやめといたら」

私の助言を、母親は聞き入れなかった。

午後2時半頃だったと、記憶している。私が再任用で勤めていた教育会館4階の職場に、「菊野台交番」から一本の電話が入った。

「タケモリシ○コさんのご家族の方ですか――」

黄昏の曲がり角まで続く、私の長くて厳しい「老老介護」の道程は、その日の「事件」が出発点となったのだ。

第12章　1969「日吉のローザ」は、その時

2017年の春。3月も半ばを過ぎた金曜日の午後、久し振りに三田キャンパスを訪れた。「幻の門」から石畳の坂道を上ると、桜の花が目に入った。陽当たりの特によい場所なのか、桜の種類のせいか不明だが、気象予報の「開花日」の1週間前だ。東館校舎や塾監局をバックに、今年初めて桜を撮った。なお、図書館旧館は、耐震工事中だった。

図書館新館に入り3階の受付で、さり気なく尋ねてみた。

「古い学生新聞は、廃棄したのですか。7年くらい前には、展示されていたのですが」

「廃棄していません。資料倉庫に全部、保管してあります。本校の学生新聞ですね」

ベテランの女性司書が、すぐに反応した。

私は自作のデビュー小説の第2章で、「3階の『閲覧コーナー』でK新のバックナンバーを捜したが、見出すことはできなかった。『資料』としての価値が認められず、歴史の屑籠に投棄されたようだ。なお、三田新聞は縮刷版として残っていた」と書いていた。

その時、私は受付で尋ねなかったのだ。さすがに、K大の図書館である。私の認識不足であった。資料の保管は図書館の基本だ。

探していた時代の紙面は、すべて残っていた。一つは、1969年7月15日号である。3面の左下に、コラム「塾声」を見つけた。在学中のK大生からの投稿原稿を載せるのだが、編集部員が依頼した原稿の場合が多い。この号は、私が医学部2年の石川みどりさんに依頼した原稿だ。テーマはずばり、「70年安保」である。

以下、K大新聞「1969・7・15」号3面に掲載された石川さんの『白きアンポ』を紹介したい（一部略・文責「著者」）。

――太陽も海も信ずるにたりない。ブルースは終わってしまったのだし、抱え込んだ命はもう土の中で有機物となっちまいそうだ。歴史の痛苦の微笑みの内に、語る言葉を持たない層は、60年アンポブンドの狂気に慰めを見出すだろうか――。あの日、地の子らは暗渠の中に怒りを積み上げ、雨は詩をも鉛色の群衆と共に押し流したのだ。「怒りに火をつけよ、カクメイだ」古臭い戦士たちは火をつけた。自らも枯れ落ちた葉っぱの様にメラメラ乾いた音を立て――。灰が残った。その灰から閃光のように浮かび出た彼女の生の終焉

が、泣きはらした目の中で人知れず微笑んだのを、降りしきる雨とタヴァーリシチの跫音のみが見送った。（中略）

60年には決して来ないように思われた70年は、全ての眠りに覚醒をもたらす力強さでもって、やっぱり来た。何もかも包摂する挫折感で地面に散らばされた詩集は再び綴じられ、忘却の彼方にあった「怒り」がより醜悪な姿をさらすことによって、人間たち特にいつの世にもいる若い人間たちを、闘いへ駆り立てるのだ。（中略）

「明日はあるだろうか」何百遍となく自分に問いかけ、何百遍となく「否」と答えた「主義」を持たぬ者たちにとって、67年の一つの死は紛れもなく、生から受ける辱めだった。

（中略）

世界は「高度成長」に盲い、生の恥辱を背負うには余りに小さな肩までが、それを負わされる67年の死。それは確かに、一つの終焉でありえた。どこか遠いところで燃えつきてしまったような夕日の中にだけ、バリケードは余りに美しく、そしてまたちぎれた旗のように雄々しい。（中略）

トリデの夜を月に吠え、「僕たちの闘いは勝利だった」と、朝の放水の中に決して自らの醜さを温めることをしなかった姿は、もしかして、本当にもしかして「一瞬の生の燃焼」を突き詰めようとした人間の美しさと、敗北に無頓着な狼たちの新しい「たたかい」の楔

（くさび）なのだろうか――。

白い手でアンポをつかめ。「無」。指をひらくのは、80年は来ないと信じているのかもしれない戦士と、油じみた水を飲まされた人びと。さりげなく、あるいは不吉に、また憎しみの渦の中で――自らの白き手をかけよ。「70年アンポ」そのものに賭け。

（いしかわ・みどり　医学部2年）

バリケード封鎖中の日吉キャンパス。高級マンションのような外観の研究棟も、学生活動家の各グループが「自主管理」していた。

1階入口近くのエレベーターの前で、石川みどりから投稿原稿を受け取った。「辞書などで、細かくチェックしていないので、間違った漢字や用語があったら、直しておいてね」日吉のローザ＝石川みどりの指示に、私は深く頷いた。彼女は私を、付和雷同分子と見抜いている。

私はすぐに、「自主管理」している4階の新聞部室で原稿に目を通した。そして驚いた。さすがに、付属女子高出身の才媛である。文学的な素養も、彼女は持ち合わせていたのだ。一見、武闘派に見える彼女の内面の一端を、知ることができた。まさに日吉のローザは、ローザ・ルクセンブルグの「ローザ」を冠した、その名に恥じない真のイデオローグだったのだ。なお、K大全共闘の男性幹部の原稿は、セクトの機関紙とそっくりな場合が多かった。

同じ7／15号のK大新聞1面のコラム「分光器」に、私が書いた文章が載っている。題して、「日吉マンション入居案内」である。

不動産業者の広告のような見出しだが、内容もその程度であった。6月26日の日吉学生大会によりバリケード封鎖されたキャンパス内の研究棟を、「日吉マンション」と称したのだ。

日吉全学ストで高揚しているK大学生運動の現況を、不動産広告風に解説したコラムである。

「――私も日吉マンションの入居者になった。5月20日に都営の無料宿泊所を出されて以来、新居を探していた私にとって、格好の住まいになった。――屋上から見る日吉のキャンパス。外見は、以前と少しも変わらない。しかし、学生の意識は、なんと変わったのだろう。かつて、学生運動の後進地帯と言われていたK大の姿はここにはない。――」

この程度の、軽量のコラムである。これ以上の引用は、差し控える。「日吉のローザ」の格調高い文章の余韻に、暫くは浸りたい。

雌伏45年、タヴァーリシチの跫音を空谷で、否、シュプレヒコールが轟く日吉の丘で聞いた一人として。

第13章　闘いの朝、寺町通り3番を曲がると

枕元のガラ携帯で、時刻を確認した。午前4時、闘いの朝だ。今日は、遅れる訳にいかない。

2018年12月15日、闘いの朝、転院の日を迎えた。ルーティンワークには、いつものように時間が掛かった。自宅マンションを出たのは、7時50分過ぎだった。北風が強く寒さが特段、身に凍みる。電通大の構内を通り抜け、調布駅で快速本八幡行きに乗車した。通勤時間帯の電車に乗るのは、久し振りだ。

千歳烏山駅前の立ち食いそば店で、春菊天そばとビール。時間は早いが、いつものメニューで気持ちと体調を整えた。A病院の清算受付は9時からなので、徒歩で向かうことにした。国道20号を渡り、寺町通りを北に向かう。中央道下を抜けて、寺町通り3番の角を右に曲がると、A病院の8階建ての建物が遠方に見えてくる。

9時5分前、先ずは医療費の清算が先だ。2階の会計で支払いを済ませ、エレベーター

で6階に向かう。何故だ。受付に、担当の女性事務員ではなく、Aチームの看護師、丸川がいる。不安を抱きつつ、無視して病室に向かう。何と、Aチームの岩田がいたのだ。新人看護師の満島と一緒に。

「着替えの服を、用意していないのですか」

岩田は母親の「囚人服」を脱がそうとしている。所持品の入った紙袋を漁りながら。

「君は何をしているのだ。まさか今日になって、そのような事を言うのか。昨日、看護師長に『囚人服』のままと確認している。転院後に後日、返すことになっているのだ」

「そうですか。急に担当が変わったので、知りませんでした」

岩田はまた、弁解した。新人看護師の満島は、済まなそうな顔で黙っている。なお、「囚人服」とは、パジャマではなく、上下が繋がった拘束服のことだ。私があえて命名した、ここだけの造語だ。

A病院に母が入院してから、2ヶ月と20日余。その最後の日まで、私は大声を出すことになった。また、Aチームの看護師に。

「眠りたい患者を、寝かせないのか。この病院では、拷問が許されるのか」

まだ、ラウンジで昼食が出ていた10月後半の頃だ。車椅子に固定された母親が、首を垂れて眠っている。ナース室の中だ。

「ここには入らないでください。看護師以外は入れません」

丸川と岩田が、母親の意思を確認する私を、押し止めた。

「1時半から、2階でリハビリです。それまで、ここで待機させます。面会時間が過ぎていますので、お帰りください」

矢田が割って入る。見た目は若いが、Aチームの主任のようだ。

「タスケテ、助けて――。どうすればいいの。ケイオーの卒業でしょ。K大病院に知り合いはいないの。たすけて――」

母の身体から絞り出すような訴えに、私は何も応えられない。末期の膵臓癌だと、担当医師から告知されている。なお、K大医学部の全共闘時代の同志は皆、退学したと聞いている。

「たすけて。助けて――」

今度は、看護師の谷中瞳さんの手を握る。困った表情の谷中さんは、母の手を両手で握り返す。マスクから鼻から上が出ている彼女の、メガネの奥の瞳が微かに潤んでいた。看護師歴5年、20代半ばの谷中さんはBチームの一人だ。母の担当はBチームが基本だ。谷中さんは母の入院当初から、何回も看護に当たってくれた。

「私は、ペーペーですから」が口癖の、素肌が美しい女性だ。

「何処かの大学病院に、転院はできませんか」

「若い研修医ばかりですよ。どこの大学病院でも」

私の訴えに、担当の荒川先生は剥きになって反論する。この病院で、最後まで看取ってくれるのか。否、それは想像したくない。

「荒川先生の歳は、幾つ位なのですか。30代くらいかな」

「あのイケメンですか。詳しくは知らないけど、40代かしら」

担当看護師の田上明子さんは、何故か興味なさそうに答える。これ以上の詮索は、不要のようだ。

ラウンジで看護師の香川さんから、転院に必要な書類一式を受け取り、準備は整った。Aチームだが香川さんの丁寧な対応で、私も落ち着きを取り戻した。それと前後して、民間救急会社の隊員2名が到着し、「囚人服」のまま、母親をストレッチャーに固定する。

A病院での最後の日、そして最後の刻だ。6階のエレベーター前まで、田上明子さんと谷中瞳さんの二人だけが見送ってくれた。涙はなかったが、私のコートの左手裾に、田上さんがそっと右手を添えてくれた。70歳の「息子さん」を、気遣ってくれたのか――。

病院の外の師走の寒風を感じる間もなく、手際よく救急車内に移動した。ストレッチャー上の母は2ヶ月半前、救急搬送で入院した日のことを覚えているのか。両目を閉じて、黙ったままだ。

私は、セカンドオピニオンへの淡い望みを抱きつつ、「新たな闘い」へ向けて東八道路の先、調布のB病院を見据えていた。

終の章　69残滓は今、再び「悪夢」に抗して――

「どのような小説を書いているのですか」

　転院日の数日前、その日の夜担当の看護師、保坂美樹さんがさり気なく話しかけてきた。入院当初から馴染みの、Ｂチームの看護師さんだ。年齢は聞いていないが、30代の前半のようだ。

「50年前の私の大学時代、全共闘時代の記憶を辿りながら、今の老老介護の現状と交互に、連作風に書いています。序の章の表題は『93歳、鉄柵に繋がれて』と決めています。楽しそうでしょ。美人看護師の保坂美樹さんも、登場しますよ」

「また、また」と言いながらも、保坂さんは笑顔で点滴の確認を続けている。彼女はいつも、マスクをしていない。素顔が眩しい。

「私の小説の基本テーマ、私の思想の原点である沖縄問題と歴史認識にも、引き続き言及します。時事小説的な私小説といえます」

「いつもメモを取っていますね。何を書いているのですか」

「看護師さんの仕事ぶり、勤務評定ですかね。保坂さんは高得点だから、安心してください。入院当初は、看護師さんの名前を覚えるためでした。その後、毎日この個室で起きる様々な出来事、母の症状や看護の仕方などをメモっています。作家の創作ノートと言えますかね。自宅から病院までの経路で体験したこと、電車内で背中の大きなバッグで他の乗客に迷惑を掛けながら、スマホに熱中しているアホな若者などもチェックしています。タクシーやバスの運転手さんの、楽しい逸話もありますよ」

「面白そうですね。小説ができたらすぐに読みたいです」


2019年2月5日、朝日新聞朝刊の社会面「『沖縄』を考える・土砂投入」に目が留まった。作家・半藤一利さんの談話だ。


——太平洋戦争末期の沖縄戦。作戦を立案した陸軍参謀に戦後インタビューしましたが、彼は戦闘が長引いた結果、県民の4人に1人が亡くなったことについて、全く悪びれていませんでした。当然なんです。本土決戦の時間稼ぎのための「防波堤」なのですから。

——沖縄戦で全滅した海軍守備隊の司令官が、最後に東京に打電した有名な言葉があります。「沖縄県民斯く戦へり　県民に対し後世特別な御高配を」。なのに私たちは今も、沖縄を犠牲にし続けている。辺野古の映像を見るたび、いつもこの言葉を思い出します。――「本土の防波堤」発想いまも――（一部抜粋）

2月24日。辺野古埋め立ての賛否を問う沖縄の県民投票の結果、反対が72％を超えた。沖縄県民の民意は、明確に示されたのだ。

翌日、新聞各紙の朝刊は沖縄県民投票の結果や、天皇陛下の在位30年記念式典を大きなスペースで報じている。私は小さな扱いの記事だが、「村上春樹さん、仏で語る」に注目した。

――第2次世界大戦に話が及ぶと、「戦争のことは小説でできるだけ書くようにしている。日本でも歴史の作りかえが起きている。正しい歴史を伝えるのが僕の世代の生き方だと思う。今インターネットでは誤った歴史認識が教えられている。とても危険なことだ」と危機感をあらわにした。――（2月25日「朝日新聞」朝刊）

私は同世代の作家では村上龍氏に注目し、『69』をはじめ多くの作品を読んできた。他方で、村上春樹氏の作品には関心がなく、一作品も読んでいなかった。この点も、「再検証」が必要なようだ。

母は入院の前、認知症がかなり進行していた。近年の記憶は曖昧で、遠い過去の記憶、戦中の話をよくしていた。

昭和19年9月、帝国女子専門学校の大塚寮に寄宿していた母に、一通の電報が届いた。大連から、父親の死亡の知らせだった。

「チチシス　スグニキコクサレタシ　ハハ」

戦争の末期で鉄道の乗車券入手が困難な時代だったが、海軍士官で横須賀基地にいた次兄の手配で、何とか1枚確保できた。東京から下関まで、当時19歳の母が何日かけて辿り着いたのか。関釜連絡船で危険な玄界灘の航路をどのように渡ったのか、母も詳しくは覚えていない。釜山から京釜線、京義線、満鉄を乗り継ぎ、奉天を経て大連に着いたのは、父親の死の初七日過ぎだったそうだ。

また、その一年前の休日に大塚寮の門限に間に合わず、東大生の兄2人に送ってもらった逸話など、繰り返し聞かされた。寮の女子学生が総出で、出迎えたそうだ。

――「悪夢のような旧民主党政権に戻すわけにはいかない」（安倍晋三首相）――

「はあ、そうですか。あたしは今のほうが悪夢だと思うけど。みんな安倍化してしまって。嘘とごまかしだらけのこの国は、かなり劣化したように思う。世界の報道自由化ランキングも、大幅に下がった。自国で問題山積なのに、中国や韓国叩きに精を出すメディアは安

倍化が進んだ最たるもの」（2月15日「日刊ゲンダイ」、室井佑月氏のコラムより）

何が「悪夢」なのか。安倍首相が「美しい国」と讃頌する戦前の日本、「大日本帝国」が正に「悪夢」だったと、私は考える。室井佑月先生が仰っている「今のほうが悪夢」もまた、至論である。

「美しい国」が敗戦後、安倍首相が尊崇する祖父でA級戦犯の岸信介は、「満州国」から本土へ遁走。731の石井中将など関東軍の幹部もそれに続いた。満州の奥地に残された多くの日本人開拓民の「悪夢」を語るには、紙数が足りない。その時代を自ら体験した作詩家なかにし礼氏の小説『赤い月』と『夜の歌』に、その「悪夢」の多くが書かれている。敗戦時、国外に残留していた日本人は、軍人を除いて230万人とも言われている。私の母も、その一人だ。

韓国の「徴用工」問題に、一部の政治家や多くのメディアが「精を出して」反論している。今でも、「宗主国」のつもりのようだ。彼らは知らないのか、否、歴史から抹消したいのだ。朝鮮や台湾から日本軍の軍属に「徴用」されたBC級戦犯の多くが、国際軍事裁判で死刑になった「悪夢」を。

GDPや賃金の伸びなど「アベノミクスの成果」が、統計操作の偽装によるとの疑いを受けて、「『美しい国』ではなくて『恥ずかしい国』では」（2／25「毎日新聞」夕刊「特集ワイド」）と、元経済産業官僚の古賀茂明氏は断言している。

同志社大学教授で経済学者の浜矩子氏は、何年も前からアベノミクスを「アホノミクス」と命名していた。正に、至論である。

安倍首相は本人の希望どおり、歴史に名を遺す「宰相」になった。もちろん、「恥ずかしい国」の恥を知らない「宰相」である。

ついには、「私は森羅万象を担当する」「わたしが国家だ」と言い出す始末だ。象徴天皇を超越する、「総統」気取りなのだ。

巷では、「安倍四選」とか、新元号に安倍の「安」を入れるなど、再び「悪夢」が囁かれている。

「お持ち帰りの小籠包と餃子です。お母様へのお土産ですか」

国道20号沿いの中華店で、店主の奥さんが不意に尋ねてきた。中国の東北部出身の夫婦が経営するお店で、以前、私の母が大連からの引揚者だと話していた。小籠包が好きなことも。

「――実は、母は――」

再び、舞鶴港の映像が目の奥に浮かんでくる。昭和23年の暑い夏、大連からの引揚船が着岸すると、多くの人々が降りてくる。みんな疲れきった表情だ。その中に、23歳の母の姿が――。背中に2歳の兄を背負い、大きなお腹を抱えて。お腹の中にいたのは不肖の二男、私である。

大寒の前だが、国道沿いの葉の落ちた大ケヤキから吹き抜ける季節風は、一段と厳しい。信号が変わった横断歩道の白線を、私は早足に踏み抜ける。4ヶ月振りに通ったスポーツジムの帰り道、いつものコースだが、前回は残暑が厳しい9月の中旬だった。塗りたての白線が、強い日差しに眩しく反射していた記憶が蘇った。

ブロック塀が取り払われ、鉄柵で見通しが良くなった電通大の塀が途切れると、右側に白い建物が見えてくる。母が12月に転院した調布のB病院だ。4階建ての2階南西の角に、広いガラス窓が見える。そのすぐ前に、1本の白木蓮の木があった。

母が入院した2階の角の広い個室。その窓から外を見ると、白木蓮のまだ固い蕾が、目の前に認められた。再び春が来たら、母と二人で観るはずだった白く大きな白木蓮の花だ。

（完）

巻末の解説等

【註釈】 本作品で「引用」「論評」、あるいは「言及」した文学作品、歌詞及び新聞記事等

（順不同、敬称及び年代略）

山本義隆『私の１９６０年代』（金曜日）
小林哲夫『シニア左翼とは何か』（朝日新聞出版）
井上光晴『ファシストたちの雪』（集英社）
村上龍『69』（集英社）
なかにし礼『赤い月』（新潮社）、『夜の歌』（毎日新聞出版）
大高ひさを『カスバの女』（歌詞）
青柳瑞穂『丘の上』（慶大のカレッジソング・歌詞）
川本三郎『マイ・バック・ページ　ある60年代の物語』（平凡社）
ボブ・ディラン『風に吹かれて』（歌詞）
半藤一利「『本土の防波堤』発想いまも」（朝日新聞記事）

室井佑月「嗚呼、仰ってますが。」（日刊ゲンダイ・コラム）

【用語解説】

「代々木練兵場」

現在の代々木公園、NHK放送センター、渋谷公会堂の一帯は、戦前「陸軍代々木練兵場」であった。戦後、米国進駐軍に接収され「ワシントンハイツ」となったが、1964年の東京オリンピックの前に、日本に返還された。（第9章）

「阿佐ヶ谷南アーケイド」

JR阿佐ヶ谷駅から南に延びるアーケイド。正式には「パールセンター」の名称で青梅街道まで約七百メートル、商店街が続いている。ドラッグストアも、数件ある。（第2章）

「日吉の銀杏並木」

K大日吉キャンパスには門がなく、入口に当たる銀杏並木は学生や地域の人々が行き交う「道」となっている。戦中の1944年には日吉の丘のキャンパスに海軍が移転し、大規軍事教練で行進する「道」になったことも、地域の人々は語り継いでいる。また、大規

模な地下壕も残っている。小雪が舞う中、69入試粉砕闘争はその銀杏並木の「道」で敢行された。（第3章、第5章）

「寺町通り3番」

世田谷の「小京都」とも呼ばれ、26の仏教寺院が集まる「烏山寺町」の一帯。その中を国道20号から北へ突き抜ける「寺町通り」には、1番から5番までのバス停がある。その「3番」を東へ曲がると、A病院の建物が見えてくる。駅から最短コースではないが、私が何回か歩いた道だ。「闘いの朝」も然り。（第13章）

「成人式　石の雨降るキャンパスで」

第7章のこの表題は五七五の俳句を意識した私の、字余りの拙句。昨春、私に句集が届いた。K大新聞の同志・中嶋三雄氏の初句集『水平線』（東京四季出版）であった。ドラマ性豊かな中島君の句集に応えて、69「成人式」前後の東大闘争での「外人部隊」体験を五七五に詠んで、私が礼状に認めたのがこの拙句だ。

「タヴァーリシチの跫音」

タヴァーリシチとは、ロシア語で「同志」、「仲間」を意味する。跫音は「あしおと」のこと。本文で引用したK大新聞の投稿文では、60年安保闘争で東大生の樺美智子さんが「人知れず微笑んだ」生の終焉を、同志の足音が見送った場面を表現している。（第12章）

【その他】

本作品は、私のデビュー作『黄昏の全共闘世代　その残滓が、今』（文芸社）の「続編」を念頭に書き始めました。前作と同様に、時事小説的「私小説」あるいは「随想の連作」的な手法で執筆しました。時事の時期については、２０１５年9月～２０１６年10月（第一部）と、２０１７年1月～２０１９年2月（序の章、第二部）に設定しています。また、執筆中の昨秋、予期せぬ事態が家族に齎されましたが、あえて「序の章」と最後の2章に加筆しました。

本作品の「私小説」部分に登場する人物名については、私人の場合すべて「仮名」にしています。「時事」部分で言及した「政治家」等の公人については、実名にしました。

最後に、この小説を私が書き続ける「意欲」を、格段に高めてくれたA病院６Ｆの看護師の皆様と、この作品の出版にご尽力頂いた文芸社に心からお礼を申しあげます。

2019年3月31日

竹森　哲郎

黄昏の老老介護・余話（「あとがき」に代えて）

平成が尽きる4月、某日の朝。調布から準特急に乗りわずか5分で千歳烏山駅の北口に出ると、街の空気も私の気分も一変する。歩行者が、歩道を安心して歩けるのだ。歩道を走る自転車は、一台もない。調布では、「歩道の主役」は自転車なのだ。歩道を蛇行するスマホ自転車から退避して、私があえて車道を歩くのも稀ではない。

母がA病院から転院した昨年12月の「闘いの朝」から、すでに4ヶ月。久し振りに訪れた千歳烏山駅前で、新たな発見があった。

「歩道は歩行者しか通れません。自転車は車道を走ってください」と、防災放送で周知していたのだ。昨秋「激動の3ヶ月」、私は常に急いでいたので、放送には全く気付かなかった。世田谷区と調布市の行政目線・レベルの差を、改めて知ることになった。この日は寺町通りからA病院へ、黄昏の足跡を再検証だ。急ぐ朝ではない。

余話の前置きが長くなってしまった。A病院での「激動の3ヶ月」、正確には2ヶ月と20日余り。転院したB病院と合わせて3ヶ月余に、手書きした私のメモの量は膨大だ。文字が雑で、自分でも理解できない箇所が幾つもある。パソコンに「激動の3ヶ月」の記録として打ち込むのは、相当先になりそうだ。その中で、A病院での思い出深い「事案」のみを、執筆中の小説に加筆した。書き足りないことは多々ある。母がお世話になった男性介護士が、さり気なく語った「厚労省が決めたことだ」は、含蓄があった。看護師の、夜勤担当の人数のことだ。私も感じたが、看護師さんの勤務はかなりの重労働なのだ。また、患者の昼食時間の後半、13時前後の看護師のシフトは問題が多い。職員の休憩時間の関係で、看護師の人数が足りなくなる。患者への対応が不十分になるのも然りだ。

車椅子への移動も叶わず、病室で「鉄柵」の囲いの中、点滴だけの状態で寝たままの母に、私が何回も問うたことがある。

「会いたい人はいるかな。食べたい物はあるかい。何処か痛いか」

いずれの問いにも、母は目を閉じたまま大きく横に首を振った。

「私が誰か、判るか」の問いには、母が目を開いて頷いた。

私が淡い望みを抱いて転院したB病院での、「体位変更」等の事案について、この「余話」で述べるには余りに紙数が足りない。

転院の判断は正しかったのか。私が闘いから、逃げたのではないか。これまでの老老介護は、充分だったのか――。その時、その瞬間からすでに3ヶ月半過ぎたが、私の悶々とした日々は途切れたことはない。重い命題が残り、自問自答が今も続いている。

2年半前の母の叫び、「先に死なないで」が耳の奥から離れない。当時、私の顔に表れていた「死相」は今、消えたままだ。秘策「ビールの水割り」については、語るに足りない。母も私も、あと5年は続くと信じていた老老介護の黄昏の道は、寺町通り3番の曲がり角の先で、途切れてしまった。大正14年に生まれ、昭和の激動を乗り越え、平成が尽きる年の年頭に——。


「梅酒はどうなったの。どこに置いてあるの」

先日、不意に「梅酒」のことを思い出した。母は入院する前、梅酒のことを何回も問うていた。母の「十八番」だったからだ。

「仕舞ってあるから大丈夫。もう少し、熟成しなければ」

旧邸「ごみ屋敷」の庭には、白木蓮の巨木の横に梅の木があった。

早春、ピンクの梅花の周りで、大きなヒヨドリと小さなメジロが首を傾げて、競い合いながら蜜を吸っていた。梅の木には1年おきに、多くの実が生った。30年ほど前から、母は梅酒を造っていたのだ。母が大腿骨を骨折してからは私が造り、引っ越しの荷物にも加えていた。引っ越しの混乱時に、台所の収納庫の奥に入れたままだった。1年以上前に買った奄美の黒糖を全部入れ、残っていた焼酎を加えた。私が2年前に断った、宝酒造の「純

35％」だ。

1969年1月の東大闘争、4・28沖縄闘争から今年で50年。巷では「令和」論議や改元商戦、また改元詐欺が盛んだ。安倍サマ、否、安倍「総統」様の命「令」で「令和」に決まったそうだ。一億総活躍の意味を込めたそうだが、私には戦前の「美しい国」の国家総動員「令」、一億玉砕の「悪夢」と重なって見えるのだが。

介護マンションの2階の窓から、散りゆく桜の花びらを観ながら一人、召集「令」状の「悪夢」を待つことにした。70歳の老人にも、果たして赤紙は来るのか。「このような人たち」の一人、シニア左翼の私に、赤狩りの出頭「令」状が先に来るかもしれない。

空谷で蟄居を決め込み、忌々しい「幻影」に浸っている私に、「令」状ではなく、「麗状が届いた。4月20日発行の雑誌『武蔵野樹林』に、私が撮った写真が載ったのだ。「武蔵野」を多彩に検証する新しい試みで、角川文化振興財団が昨秋創刊。その第2号の「風景フォト」入賞作の「巻頭」を、私の作品「春の野川」が飾っている。

昨秋、母の病室で「同誌」の写真募集を知った。私の原風景と重なっている。野川公園で撮った昨春の一枚に、思いが至ったのだ。

再び写真を撮る意欲が、蘇ってきた。昨年の1月に噴火した草津の本白根山を探索して、火口鏡池の写真を撮りたい。私が62歳の冬、本白根山頂から清水沢コースを滑降して以来の旅になる。愛用の長いスキー板は、転居時に旧邸で廃棄せざるを得なかった。スキーは無理なので、写真に専念できる。昨年の噴火のあと、白根火山ロープウェーは廃止になった。69残滓の老人が、火口鏡池まで辿り着けるのか――。入山規制はあるが、「鉄柵」はないはずだ。

余話の最後は「余談」になるが、母が40代半ば昭和の時代、最初の海外旅行先が「セイロン」だった。約50年前、当時は平和な島国で、テロなど想像すらできなかった。団体旅行のコースでキリスト教会を訪問したのか、今では知る術はない。

２０１９年４月30日　老老介護マンションで69残滓一人

著者プロフィール

竹森 哲郎（たけもり てつお）

1948年10月　東京都武蔵野市生まれ
1972年３月　慶應義塾大学経済学部卒業
2014年10月　第21回「三田文学新人賞」応募
2015年３月　第39回「すばる文学賞」応募
2016年４月　『黄昏の全共闘世代　その残滓が、今』
（文芸社）刊行
2019年４月　「武蔵野樹林」（角川文化振興財団）に写真掲載

93歳、鉄柵に繋がれて　69残滓は今、再び「悪夢」に抗して

2019年９月15日　初版第１刷発行

著　者　竹森 哲郎
発行者　瓜谷 綱延
発行所　株式会社文芸社
〒160-0022 東京都新宿区新宿1－10－1
電話 03-5369-3060（代表）
03-5369-2299（販売）

印刷所　株式会社フクイン

ISBN978-4-286-20965-4　　JASRAC 出 1906181－901